CONTRIBUTIONS
A LA
FAUNE ORNITHOLOGIQUE
DE
L'EUROPE OCCIDENTALE

RECUEIL

comprenant

LES ESPÈCES D'OISEAUX QUI SE REPRODUISENT DANS CETTE RÉGION
OU QUI S'Y MONTRENT RÉGULIÈREMENT DE PASSAGE

augmenté

DE LA DESCRIPTION DES PRINCIPALES ESPÈCES EXOTIQUES
LES PLUS VOISINES DES INDIGÈNES
OU SUSCEPTIBLES D'ÊTRE CONFONDUES AVEC ELLES
AINSI QUE L'ÉNUMÉRATION DES RACES DOMESTIQUES

Par Léon OLPHE-GALLIARD

FASCICULE V

BAYONNE
L. LASSERRE, IMPRIMEUR, LIBRAIRE-ÉDITEUR

JUIN 1885

FASCICULE Vᵉ

—

CYGNIDÆ

FAMILIA V. — *CYGNIDÆ.*

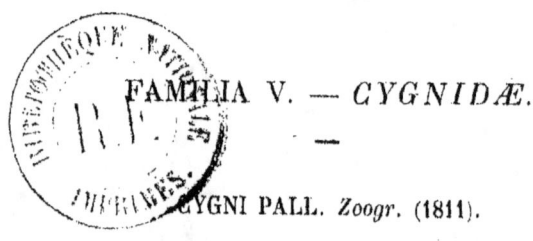

CYGNI PALL. *Zoogr.* (1811).

Bec aussi large vers l'extrémité qu'à la base. Lorums nus. Ailes plus courtes que la queue. Tarses de la longueur du doigt int. Rémiges cubit. presque aussi longues que les Rém. prim. Taille très grande. Cou très long. Tarses placés dans l'équilibre du corps. Plumage le plus souvent entièrement blanc. Sexes presque semblables. La Trachée du Mâle décrit souvent des circonvolutions entre les lames de Bréchet avant de pénétrer dans la poitrine; d'autres fois elle se recourbe en S, mais sans pénétrer dans le Sternum, ou bien elle se rend directement aux Poumons.

Les *Cygnes* nagent avec facilité en donnant à leur cou une courbe gracieuse et en relevant leurs coudes de manière que leurs Rém. secondaires, étalées, forment de chaque côté une sorte de voile que l'on peut comparer à celle d'un navire, et à l'aide de laquelle ils accélèrent leur course. Ces oiseaux ne plongent pas, comme l'indique la longueur de leur cou, qui leur permet de rechercher leur nourriture au fond des eaux, pourvu qu'elles ne soient pas profondes. Les *Cygnes* sont monogames, et le mâle partage avec sa femelle les soins de sa progéniture, qu'il défend avec courage. Ils ne peuvent pas être regardés précisément comme *migrateurs,* du moins dans nos contrées, où leur apparition n'a lieu que pendant les Hiv. les plus rigoureux. Hors l'époque de la reproduction, ils se tiennent en grandes troupes en mer et en vue des côtes. Leur nourriture est principalement végétale.

TRIBUS. — *CYGNINÆ.*

STIRPS. — *CYGNEÆ.*

GENUS I. *HOLOR.* Wagler, *Isis.* (1832).

« Le mot *Olor* signifie que tout le plumage est blanc. En « grec ὅλος veut dire *tout entier;* voilà pourquoi le grammai- « rien Scopa écrit *Holor* avec une aspiration. Perottus (') « affirme avec quelques-uns que cela revient à dire ὅλον, « ὁραιον, c'est-à-dire *entièrement blanc,* ou mieux *entièrement* « *beau.* » (Aldrov.).

Le mot grec ὅλος étant écrit avec le signe de l'aspiration, il convient d'orthographier *Holor,* et non *Olor.*

Bec de la longueur de la tête, élevé à sa base, très déprimé vers son extrémité, de la même largeur dans toute son étendue. Arête peu distincte vers l'onglet; divisée en deux branches entre les narines par une excavation allongée peu profonde. Ces branches se réunissent derrière cette excavation pour former un plan horizontal qui s'élargit bientôt notablement; étant limité latéralement par les bords de l'arête qui redeviennent bientôt parallèles jusque près de la base du bec, où l'on remarque deux petites gibbosités

---

(') Perottus (Nicolas), *Rudimenta Grammatices* MCCCCLXXIII.

arrondies et dures, séparées par un sillon longitudi-
nal. Les bords du bec sont presque droits et cachent
les lamelles. Onglet large et circulaire. Narines ova-
laires, situées vers le milieu du bec. Faces basales et
latérales de celui-ci peu inclinées. Lorums nus sur
un espace triangulaire, dont le sommet tronqué tou-
che le bord antérieur et infér. de l'œil en formant un
angle très aigu. Plumes du front s'avançant angulai-
rement entre les deux petites gibbosités mentionnées
ci-dessus. Rémiges cubit. n'atteignant pas l'extrémité
des primaires. Queue arrondie. Trachée formant des
circonvolutions dans la crête sternale. Plumage blanc
chez les adultes.

—

1. HOLOR MUSICUS. Wagler, *Isis*, p. 1234. (1832).

ANAS CYGNUS. L. *Syst.* p. 122. (1758).
ANSER CYGNUS. Klein, *Stemm*, p. 31. (1759).
Schwangans. Klein, *Verbess. Hist. d. Vög.* p. 135. (1760.
CYGNUS FERUS. Br. *Orn.* VI. p. 292. pl. 28. (1760).
Cigno Salvatico. ** *Stor. degli ucc.* V. pl. 554. (1767).
Le Cygne Sauvage. B. *Ois.* IX. p. 20. (1783).
Whistling Swan. Penn. *Arct. Zool.* III. p. 262. (1792).
CYGNUS MUSICUS. Bechst. *Naturg. Deutschl.* IV. p. 830. (1807).
C. MELANORHYNCHUS. Mey. et Wolf. *Taschenb.* II. p. 498. (1810).
C. OLOR MAJOR. Pall. *Zoogr.* II. p. 211. (1811).
C. MUSICUS. Brehm, *Handb.* p. 831. (1831).
OLOR MUSICUS. Wagler, *l. c.*
CYGNUS FERUS. Gould, *Eur.* pl. 355. (1837).
C. XANTHORYNCHUS. Naum. *Vög. Deutschl.* XI. p. 478. pl. 296. (1842).
C. MUSICUS. Reich. *Handb.* pl. 105. f. 961-962. (1850).
OLOR CYGNUS. G. R. Gray, *Handl. B.* III. p. 78. (1871).
CYGNUS FERUS. Gould, *B. Great. Brit.* V. pl. 9. (1871).

Islandais. *Alpt. Svanur*, (Faber). *Svanur* n'est plus usité qu'en
poésie. (Krüper).
Feroé. *Svanur*. (A. Holm).

Suédois. *Sångsvane*. (Nilsson).
Allemand. *Der wilde Schwan*. (Bechst).
Hollandais. *De wilde zwaan*. Groningue, *Hoelzvàan*. (Schleg.).
Anglais. *Elk. Whistling. Swan. Hooper*. (Willoughby. Montagu).
Français. *Cygne Sauvage*. (B.). Morbihan. *Cyn*. (Taslé).
Gard. *Cygnë* (Crespon).
Espagnol. *Cisne*. (Guirao).
Catalan, *Cisne*. (Vayreda).
Italien. *Cino Salvatico*. Savi.
Sicile. *Cinnu*. (L. Benoit).
Sardaigne. *Cignu, Cisini*. (Cara).

Cygne vient du latin *Cygnus*, qui lui-même « dérive du
« grec Κύκνος, ou bien de Κυκάω, *je trouble*, car cet oiseau *trou-*
« *ble* les marais en y cherchant sa nourriture. » (Charleton).
« D'autres le font venir du verbe κάω, qui revient (disent-ils)
« à φωνέω, *vocem edo, je produis un son de voix, je crie*; ce mot
« devient κλάω, d'où κύκνος, presque κλάκις. Il faut voir cepen-
« dant si κύκνος ne serait pas une onomatopée, car Isidore le
« fait venir de *canere...* » (Aldrovande) *par allusion à la fable
du Chant du Cygne.*

*Plumes du front s'avançant entre les deux petites
gibbosités du bec en formant un angle obtus. Plumes*

HOLOR. AMERICANUS. Bp. *C. R.* XLIII. (1856).

ANAS COLUMBIANA. Ord. *Guthrie's Geogr.* II. p. 319. 1825).
CYGNUS AMERICANUS. Sharpless, *Doughthyi Cab.* I. p. 185. pl. 16. (1830). — Id *Sillim. Amer. Journ. Sc. and arts*. XII. p. 83. (1832).
C. AMERICANUS. Audub. *Orn. Biogr.* v. p. 411. (1831). — Id. *Syn. N. Amer.* B. p. 274. (1839). — Id. *B. N. Amer.* pl. 384. éd. in-8. 1844.
C. AMERICANUS. Reichb. *Handb.* pl. 104. f. 2773. (1850).
OLOR AMERICANUS. Bp. *l. c.*
CYGNUS FERUS. Nuttall, *Man.* p. 368. (1860).
C. AMERICANUS. Dubois, *Ois. Eur.* pl. 193. (1867.).
OLOR AMERICANUS. G. R. Gray, *Handl. B.* III. p. 78. (1871).

Bec noir, avec une petite tache orange de chaque côté de sa base, caractère qui ne convient qu'à cette Espèce. (Audub.).
Bec noir et demi-cylindrique, côtés de sa base portant une petite tache orange ou jaune. Plumage blanc. 20 Rectr. Pieds noirs. Long. tot. 4'6". Aile 1'11". Doigt méd. 6". (Sharpless).

du menton formant un angle très aigu sur la membrane intermandibulaire. Bec noir de la pointe aux Narines, le reste jaune. Long. tot. 1ᵐ55.

ADULTE. Plumage blanc. Dessus de la tête et haut de la nuque teintés de jaunâtre. Arêtes du bec noires depuis le point où elles commencent à se rapprocher le plus. Cette couleur s'étend jusqu'à l'extrémité du bec, et remonte du bord de celui-ci en ligne presque directe et oblique d'avant en arrière en passant derrière les narines. Une bande étroite de cette couleur longe les bords mandibulaires dans toute leur étendue. Petites gibbosités, plan triangulaire au devant d'elles; Lorums et le reste du bec, jaunes. Membrane intermandibulaire, tarses et palmures noirs. Iris brun noir. Long. tot. 1ᵐ55. Bec 0ᵐ092. Aile 0ᵐ59. Tarse 0ᵐ10. Queue 0ᵐ18. La femelle est un peu plus petite.

JEUNE. Gibbosités du bec indiquées par deux bourrelets allongés, d'un gris clair plus ou moins maculé

JEUNE. Bec d'un blanc rougeâtre, pointe brune. A la place de la tache orange, se trouvent de petites plumes d'un jaune orange. Plumage gris de plomb. Pieds et doigts d'un gris clair (Sharpl.).

Comparez la description de Jäckel, *J. f. O.* p. 669. 1861.

ANATOMIE. Trachée d'un diamètre uniforme, pénétrant dans le Sternum. Elle fait le tour de la partie horizontale qui se trouve dans la portion aplatie de l'os, puis ressort pour pénétrer dans les Poumons. (Sharpless, *l. c.*, pl. 2. f. 1.)

HABITAT. Amérique sept. Hiverne dans les provinces de la côte de l'Atlantique, CC., dans la baie de Chesapeak. Capturé par Richardson au Saskatchewan, 64° Lat. par Trownsend en Colombie. (Hartl.). Pas C. au Mackenzie. (Ross. Géorgie. A. Gerhardt.). Wisconsin, Reg. (R. Hoy). Observé une fois aux Bermudes. (Wedderburn). N. England. (W. Brewster), *Bull. Nuttall. Club.* p. 125. 1879).

Cinq individus ont été observés dans le Hanovre en 1851. (Ch. Dubois).

de blanc. Sommet de la tête et joues plus foncés, avec de petites bordures blanchâtres. Dessous du corps d'un gris très clair. Lorums et toute la portion du bec, qui est jaune chez l'adulte, d'une teinte rosée livide. Le noir de l'extrémité du bec s'arrête sur l'arête à peu près au niveau du bord antér. des narines.

Poussin. Bec jaunâtre, noir à la pointe et sur les bords. Tarses gris pâle (?). Cou, ailes et dos d'un cendré bleuâtre. Calotte d'un gris cendré noirâtre. Côtés du jabot et épaules d'un gris cendré. Dessous du corps d'un gris plus pâle. (Nilsson).

Anatomie. Trachée déprimée et arrondie; sa section représente un ovale; plus épaisse vers le haut, elle diminue vers le bas, s'élargit de nouveau au bas du cou; puis, redevenant plus mince, elle pénètre dans la carène du Sternum, où elle n'a pas la moitié de la longueur de cet os; elle s'y élargit, forme un coude vertical, et ressort par l'ouverture qui lui a donné entrée dans l'os; elle s'avance ensuite sous la fourchette, se recourbe de nouveau en haut et en arrière pour passer entre les clavicules, et se divise en deux branches longues de 3/4 de pouce avant d'arriver aux bronches. (Nilsson, *Svenska Foglarna* II. p. 283. A cette description, Nilsson ajoute celle des organes digestifs.

HOLOR BUCCINATOR. Wagler, *Isis* p. 1234. (1832).

Cygnus buccinator. Swains. *Fn. bor. Amer.* II. p. 464. (1831).
C. buccinator. Audub. *Orn. Biogr.* IV. p. 536. pl. 376. 406. (1839.
— Id. *B. Amer.* VI. p. 219. pl. 383. (18..).
C. buccinator. Reichb. *Handb.* pl. 104. f. 2775-2776. (1850).
C. buccinator. MAX, *J. f. O.* p. 162. (1859). *Descript.*
C. buccinator. Baird, *B. R. Am.* p. 758. (1860).
C. buccinator. Blakiston, *Ibis* p. 136-137. (1863).
C. buccinator. Schleg. *Mus. P. B.* Anser. p. 83. (1866).
C. buccinator. Hincks, *P. Z. S.* p. 211. (1868.

Excessivement semblable au *C. americanus*, dont il ne paraît se distinguer que par sa taille plus forte, par ses pieds plus grands, par le bord antér. de la partie emplumée du front formant un angle un peu aigu, et par le manque d'une tache jaune en avant de l'œil. (Schlegel). Plumage teinté de roux. Bec, Pieds et Iris noirs. (Max.).

Jeune. Iris noir. Tarses d'un jaunâtre terne et pâle. Dessus des doigts

Figure de cette Trachée (Latham, *Linn. Trans.* IV. — Yarrell, *Brit. B.* 4ᵉ éd. p. 314. descr. et fig.).

HABITAT. Propre aux régions arctiques, d'où il émigre pendant les Hiv. rigoureux pour se rendre même dans les contrées méridionales de l'Europe et de l'Afrique septentr.

Islande, niche. (Krüper) Feröe, pas R., mais seulement aux époques des passages; ne niche pas. (A. Holm.) séjourne en Eté dans les grands marais des Lappmarks Scandinaves. (Nilss.) Upsal, R. (A. Mesch). Wermland. (Hammargren). Niche quelquefois dans la Suède mérid., à Trolle Ljungby; se propage ordinairement au N. du 65° Lat. (Wallengr.). Niche dans le centre de la Laponie vers le fleuve Kemi et les cours d'eau de l'Enare, ainsi que dans le N. de la Finlande (Palmén). Arrive en Laponie vers le milieu d'Avr. Quelques couples nichent dans la contrée de Pasvik). (Schrader). B.-Petchora (Seebohm et H. Brown, *Ibis* p. 437. 1876). Le célèbre navigateur Kane a rencontré par le 81° 30' Lat. des *Cygnes* qui se dirigeaient vers le N. N. (F. Droste-Hülshoff). Russie et Sibérie jusqu'au Kamtschatka. Grande Tartarie. Emigre vers le Wolga. Caspienne. Mer noire. (Pall.). Sarepta, C. Niche. (Moeschler). De passage à Bakou, Janv. et Févr. (Ménétr.). Bulgarie, C. en Hiv. sur le Danube ainsi que sur les bords de la Mer Noire. Se voit par milliers près de Varna. (O. Finsch). Baltique, Hiv. rigoureux. Poméranie. (Brehm). Danemarck, C. dans certains Hivers. (Kjärb). R. R. R. en Silésie, Lusace et Moravie. (Gloger). Danube, Lac de Constance, R. R. R. (Koch). Suisse, Hiv. rig. (Meissner et Schinz). Belgique, Hiv. rig. (de Sélys). Angleterre, fin de l'Aut. émigre en avr. (Macgill.). Guernesey,

---

et membranes teintés de gris. Bec de sa base jusques vers la moitié de la distance de celle-ci aux narines, la pointe sur une longueur à peu près égale, d'un noir brunâtre, de même que les bords des Mandibules. Milieu de la Mandibule supér. d'un violet clair ou rouge laque. Mandibule infér. d'un brun noir, avec des taches rouge laque et noires sur les côtés de sa base. Membrane nue intermandibulaire rouge laque clair, d'un noir bleuâtre vers les plumes du menton. Intérieur du bec d'un jaune clair sale. Tête gris brun, fortement mélangé de roux. Paupière infér. blanchâtre. Tout le cou d'un jaune roux clair, les plumes étant blanchâtres à leur base; dessus du cou teinté de gris brun. Toutes les parties infér. d'un jaune roussâtre, avec les plumes blanches à la base. Parties supér. d'un gris cendré clair, à bordures terminales roussâtres. Couvertures supér. des ailes gris cendré ou gris bleu, avec un mélange de blanc et des taches de cette couleur le long du bord supér. et antér. de l'aile. Rémiges blanchâtres, leurs tiges, leur extrémité et leur bord postér. étant cendré bleuâtre. Intérieur de l'aile blanc. Long. tot. 4' 4'. 1'". Bec à partir de son angle supér. 3"7'". Aile 1'11'6'". Queue 5'9'". Tarse 4'9'". (Max.).

Hiv. rig. (C. Smith). Lacs de l'Ecosse, chaque Hiv. (Montagu). Un passage extraordinaire a eu lieu en France en 1870. (Degl. et Gerbe). Alsace, Hiv. rigoureux. Kroener). Nancy, 1860-1861. Metz, 1823 et 1829. (Godron). Jura, Acc. (Ogerien). Savoie, Hiv. rig., par exemple ceux de 1830 et de 1879. (Bailly). Côte-d'Or, Acc. R. (Marchant). Dauphiné, Acc. Bouteille). Rhône, R. (L.O.-G.). Allier, R. (Olivier). Loiret, Acc. (Nouel). Seine-Infér., Hiv. rig. (Lemetteil. Manche. (Lemennicier). Morbihan, R. R. (Taslé). Anjou, Hiv. rig. (Vincelot). Loire-Inf Hiv. rig. (Blandin). Charente, Hiv. rig. (de Rochebrune). Charente-Inf. Hiv. rig. (Beltrémieux). Haute-Loire, Acc. (Moussier). Gard, Hiv. rig. (Crespon). Landes, Hiv. rig. (Dubalen). Aude, Ariège, Gers, Hérault, Hautes-Pyrénées, Tarn, Pyrénées-Orient., Hiv. rig. (Lacroix). Province de Gerona. Acc. (Vayreda). Observé à Santander. (H. Irby). Castille, Acc. de Graelles). Marais du Guadalquivir, R. R. (H. Saunders). Italie et Sicile, Acc. (Malh.). Sardaigne, de pass. (Salvadori). Grèce, de passage. Quelques-uns séjournent. Morée. Roumélie. Demeure en Eté sur les lacs Kopais et Likari, sur ceux de Négrepont et de l'Acarnanie, Niche. (Linderm.). Cyclades, de passage. (Erhard).

Algérie (Loche). De passage rég. au Delta du Nil. Lac Menzaleh. (v. Heugl.).

Niche près de Gotthaab, Groënland. (Reinhardt).

Nepaul (Blyth. Turkestan (Severtz.).

Mœurs. Quoique moins élégant que le *Cygne tuberculé* ou *domestique*, le *Cygne sauvage* est un des plus beaux ornements des parcs et des

---

D'après M. James Murie, le *Cygnus Passmori*. (Hincks, *P.Z.S.* p. 211. 1868, et auparavant *Journ. of the Proceed. of the Linnean Society* p. 1-7. 1865) est identique au *P. buccinator*. M. J. Murie s'est appuyé sur des considérations anatomiques pour démontrer ce fait. Voyez *P. Z. S.* p. 8 et suiv. 1867.

Anatomie. Trachée formée d'anneaux étroits séparés par des espaces membraneux également étroits jusqu'à la première circonvolution dans le sternum; mais la portion du tube qui revient sur elle-même, formant la seconde circonvolution, est composée de cercles plus larges et plus solides entre lesquels les intervalles sont plus larges. Cette trachée ressemble en cela à celle du *Cygne sauvage* d'Europe; mais par son parcours dans l'intérieur du sternum, de même que par sa forme, cet organe est différent.

La Trachée, après avoir descendu le long du cou, passe en arrière, entre les deux lames du Bréchet. jusqu'au fond de la cavité qu'elles forment. Alors, se courbant horizontalement et légèrement en haut, elle revient sur elle-même, d'abord sur le côté et ensuite au dessus de la première position, environ vers les 2/3 de la distance entière. A la jardins publics. Il se distingue facilement du précédent par le port moins élégant de son cou, auquel il ne donne pas les courbes gracieuses que l'on remarque chez celui-ci. Son plumage justifie, comme celui de tous ses congénères des régions arctiques, « le proverbe du vulgaire, (qui) enseigne qu'il est tout blanc, d'autant qu'on dit estre « blanc comme un *Cygne* ». On ne peut pas cependant dire que le plumage de cette Espèce soit entièrement blanc, car les adultes ont les plumes de la tête souvent teintées de roux foncé. Cette nuance, qui se remarque chez un grand nombre d'oiseaux aquatiques à plumage plus ou moins varié de blanc, est due, suivant Gloger (*J. f. O.* p. 308. 1860) à une sorte de pigment qui se dépose dans les plumes; car on ne peut l'attribuer au séjour de cette Espèce de *Cygne* dans des eaux saturées d'oxyde de fer : s'il en était ainsi, le ventre et la poitrine offriraient la même teinte rousse, ce qui n'est pas.

« Pris jeune, le *Cygne sauvage* s'apprivoise facilement et s'attache « même à son maître. » (A. Brehm). « Cette Espèce à l'état sauvage est « très farouche; ces oiseaux s'envolent à la distance de deux à trois « cents pas s'ils aperçoivent un homme..... Lorsqu'ils émigrent, ils se « placent sur une ligne oblique. » F. Droste-Hülshoff.

« On a débité une foule d'histoires ridicules au sujet de la force que « le *Cygne* possède dans ses ailes, et du danger que l'on court en s'ap-« prochant du nid de ces oiseaux : ainsi l'on croyait qu'un seul coup « de l'une de ses ailes suffisait pour briser la cuisse d'un homme..... « Si l'on examine les os de l'aile de cet oiseau, et qu'on les compare à « celui de la cuisse d'un homme, ou même à ceux de son bras..... il

---

seconde courbe de cette portion, la Trachée est brusquement relevée au dessus de la ligne de la surface supérieure du Bréchet et traverse l'intérieur d'une cavité circulaire, produisant une tubérosité sur la face dorsale du Sternum. Alors la Trachée poursuit sa courbe ascendante; enfin le tube se retirant gagne la cavité interne de la poitrine. L'arête de séparation est placée sur le centre de la protubérance susdite. Les branches ne mesurent que 2 inches de longueur, étroites à leur origine et à leur jonction aux poumons, mais très étendues dans les portions intermédiaires, et un peu déprimées. .... Les muscles du larynx sont les mêmes que dans le *Cygne Sauvage* et le *C. de Bewick*. Le sternum mesure 9 inches 3 lignes de longueur. Sa plus grande largeur est de 4 inches. La cavité de la protubérance est constituée par une élévation brusque et arrondie de la plaque osseuse supérieure, laquelle est comprimée sur les côtés, et mesure en longueur et en hauteur 1 inche 6 lign. et du bord de l'os à la surface supérieure de la protubérance 3 inches 5 lign. (Yarrell, *Philos. Mag.* XVII. p. 1. pl. 1. 1837).

HABITAT. Amérique froide et centrale. De passage au Missouri et de là vers l'O. jusqu'à la mer Pacifique. (Schlegel. Max.).

« sera évident que le *Cygne* ne pourra jamais être aussi dangereux
« qu'on l'a supposé...., » (Montagu, *Ornith. Dict.* suppl.).

Comme le *Cygne* est l'un des plus beaux oiseaux qui existent, il
n'est pas étonnant qu'il ait de tout temps excité l'attention, tant des
poëtes que du vulgaire. Les premiers ont embelli son histoire par de
gracieuses fictions, tandis que la foule ignorante prenait au pied de la
lettre les allégories dont elle ne cherchait pas le sens et les dénatu-
rait même par des contes absurdes ou des exagérations ridicules. C'est
ainsi que l'on attribuait au *Cygne* une longévité extraordinaire. Aldrovande rapporte que l'on croyait que cet oiseau pouvait vivre jusqu'à
trois cents ans; mais il a soin d'ajouter que cela ne lui parait pas
vraisemblable.

Quoique l'on ait beaucoup exagéré le mérite du *Chant du Cygne*, il
est certain que l'Espèce sauvage est douée réellement de la faculté de
moduler sa voix d'une façon harmonieuse, et que les inflexions et les
intonations qu'elle lui donne offrent un rhythme agréable à l'oreille
lorsqu'elles sont entendues dans des circonstances convenables.

Passons en revue les différents auteurs qui ont parlé du *Chant du
Cygne*, et donnons d'abord la parole à Belon, le plus ancien des ornithologistes français.

« ..... Au douziesme chapitre du neufiesme liure des animaux,
« escriuant que les *Cygnes* chantent quand ils veulent mourir, il (*)
« ne dit pas les auoir ouys. Ils s'en volent bien auant en la mer (dit-
« il) et y a quelqves vns qui ont navigué en la mer d'Afrique, qui
« ont rapporté en auoir veu plusieurs chantants d'une voix lamen-
« table. » (Belon).

« ..... L'on distingue dans ses cris ou plutôt dans l'éclat de sa
« voix, une sorte de chant mesuré, modulé, des sons bruyants de
« clairon, mais dont les tons aigus et peu diversifiés sont néanmoins
« très éloignés de la tendre mélodie, de la variété douce et brillante
« du ramage de nos oiseaux chanteurs. Au reste, les anciens ne s'é-
« taient pas contentés de faire du *Cygne* un chantre merveilleux; seul
« entre tous les êtres, qui frémissent à l'aspect de leur destruction, il
« chantait encore au moment de son agonie, et préludait par des sons
« harmonieux à son dernier soupir : c'était, disaient-ils, près d'expi-
« rer, et en faisant à la vie un adieu triste et tendre, que le *Cygne*
« rendait ses accents si doux et si touchants, et qui, pareil à un léger
« et douloureux murmure, d'une voix basse, plaintive et lugubre,
« formaient son chant funèbre. On entendait ce chant lorsqu'au lever
« de l'aurore les vents et les flots étaient calmes; on avait même vu
« des *Cygnes* expirant en musique et chantant leurs hymnes funé-

(*) Aristote.

« raires. Nulle fiction en histoire naturelle, nulle fable chez les an-
« ciens, n'a été plus célébrée, plus accréditée. » (B.).

Buffon cite ensuite les observations de l'abbé Arnaud sur deux
Cygnes sauvages qui étaient venus à Chantilly.

« ..... La voix du mâle, dit cet observateur, va au-delà du *si
« bémol;* celle de la femelle, du *sol dièze* au *la.* La première note est
« brève et de passage, et fait l'effet de la note que nos musiciens
« appellent *sensible;* de manière qu'elle n'est jamais détachée de la
« seconde et passe comme un *coulé.* »

Vient ensuite Vieillot, qui ne paraît pas avoir observé le *Cygne
sauvage* en liberté; il s'exprime comme il suit au sujet du chant de
cet oiseau :

« Personne n'ignore que les *Cygnes* ont passé chez les anciens pour
« avoir un ramage très mélodieux..... Je ne sais si je me trompe,
« mais le chant harmonieux que les anciens attribuaient au *Cygne*
« devait être tout autre chose que des cris rauques et perçants, com-
« parables au cri du *Paon,* et dont l'accord présente quelque mélodie
« à une oreille fort attentive. Cette remarque acquiert plus de poids
« lorsqu'on la rapproche du témoignage d'un savant observateur,
« Valmont de Bomare, que son emploi à Chantilly avait mis à portée
« d'examiner les *Cygnes* qu'on y nourrissait : le *Cygne sauvage,* dit-il,
« si célèbre par sa mélodie, a une gamme très bornée, un diapason
« d'un ton et demi..... L'on est donc fondé à regarder comme une
« fiction de l'antiquité la mélodie du *Chant du Cygne.....* »

Voyons maintenant comment se sont exprimés les naturalistes du
Nord, qui ont pu étudier le *Cygne sauvage* dans son pays natal.

« Très commun dans l'Islande méridionale. Dans ce pays, il passe
« l'Hiv. Il s'arrête en Eté dans les lacs et les rivières d'eau douce.
« Lorsqu'elles sont gelées, il cherche alors les côtes et les courants
« d'eau. En Hiv., lorsque les nuits sont plus longues et très obscures,
« ils parcourent les airs par troupes et les font retentir de leur *chant,*
« qui s'accorde beaucoup avec le son du violon, à l'exception que les
« tons sont un peu plus élevés. L'un de la troupe entonne d'abord;
« peu après c'est un autre, tellement qu'on penserait qu'ils se répon-
« dent. Les gens de la campagne se trouvent bien éveillés dans leur
« meilleur somme par le *chant* des oiseaux; mais ils ne regrettent
« nullement ce petit désagrément, puisque dans les fortes gelées et
« dans les temps de neige il leur pronostique le dégel, qui suit
« immanquablement deux à trois jours après. » (Olafsen et Povelsen,
Voy. en Islande. Trad. par Gauthier de la Peyronnie.

« Le 23 mai au soir, en me rendant dans le beau site de *Vatnsdalr,*
« je vis et entendis une grande quantité de *Cygnes.* Ayant pénétré
« dans la vallée, mon aimable compagnon, le Dr Skaptasen, me fit

« remarquer quelques points blancs sur l'eau : et de loin, je les prenais
« à la vérité pour des oiseaux, mais je ne pouvais les distinguer;
« c'était une troupe nombreuse de *Cygnes* qui se réunissent chaque
« année dans cet endroit. A 11 heures, en sortant de chez mon hôte,
« je me rendis à *Hnausur*; j'entendis alors pour la première fois, car
« l'air était calme, le *chant harmonieux du Cygne*. Ce chant a beau-
« coup de ressemblance avec celui du *Cygnus atratus* de la Nouvelle-
« Hollande, que j'avais entendu souvent au Jardin Zoologique de
« Berlin. Lorsqu'il est entendu de loin et entonné par plusieurs indi-
« vidus, ce *chant* ne fait pas une impression désagréable à l'ornitho-
« logiste; pour moi, du moins, je ne pouvais me lasser de l'enten-
« dre. » (Krüper).

« En Aut. et au Print., lorsque les *Cygnes* se montrent sur nos côtes,
« il n'est pas rare d'entendre leur *chant mélodieux*, qu'il est facile de
« reconnaître. Il consiste à proprement parler en une modulation
« composée de deux notes; mais si on l'entend pendant que l'air est
« calme, pendant les premiers jours de l'Hiv., ou dans une belle ma-
« tinée de Printemps, il est très harmonieux, surtout s'il est entonné,
« comme cela arrive souvent, par plusieurs individus d'âges différents,
« qui se font entendre tous à la fois. Je l'ai souvent écouté de loin, et
« je ne pouvais mieux le comparer qu'au son d'un cor. En Scanie,
« lorsqu'on entend ce chant vers la fin de l'Aut., on s'attend à un Hiv.
« précoce et rigoureux; tandis que lorsqu'on l'entend vers la fin de
« l'Hiv., on a le présage des jours du Print. » (Nilsson).

« J'ai entendu enfin les *Chants du Cygne*. Une troupe de ces oiseaux,
« composé de 8 à 10 individus, se trouvait à cent pas du rivage, et fai-
« sait entendre des sons retentissants. On n'y distinguait pas de mélo-
« die, ce n'étaient pas des notes prolongées et isolées; mais comme
« ces notes étaient, les unes basses, les autres élevées, elles formaient
« un tout assez harmonieux et assez agréable à entendre.…. » (A. V.
Homeyer).

« Le *Cygne* sauvage se distingue par un *chant harmonieux*, qui, en-
« tendu de loin, peut être comparé, comme le font les Islandais, au
« son d'un trombone ou d'un violon. Naumann traduit très exacte-
« ment le cri ordinaire de cet oiseau par les syllabes *killklii*, et son
« autre cri moins fort par *ang*. Ces deux cris sont peu agréables lors-
« qu'on les entend de près; mais il est probable qu'il en est autrement
« lorsque ces oiseaux sont à une certaine distance et réunis en trou-
« pes. » (A. Brehm).

Terminons ce qui a rapport au *Chant du Cygne* en citant Buffon de
nouveau :

« Il faut bien leur (*) pardonner leurs fables : elles étaient aimables,

(*) Aux poètes, 2e éd.

« touchantes; elles valaient bien de tristes et d'arides vérités, c'étaient
« de doux emblèmes pour les âmes sensibles. Les *Cygnes*, sans doute,
« ne chantent point leur mort; mais toujours, en parlant du dernier
« essor et des derniers élans d'un beau génie prêt à s'éteindre, on
« rappellera avec sentiment cette expression touchante : C'est le *Chant*
« *du Cygne*. »

CHASSE. « Les environs du golfe de Borgur sont remplis de *Cygnes*,
« mais c'est dans les landes d'Arnavatu et d'Holtevard qu'il y en a
« le plus. Ces oiseaux se tiennent aussi volontiers dans une étendue
« de pays de 8 à 10 milles de long, sur 3 à 4 mille de large, consis-
« tant en plus grande partie en places marécageuses avec des lacs
« d'eau douce de différentes grandeurs. C'est là où ils perdent leurs
« plumes en août. Les habitants de Borgarjord et de Hrutefjord ont
« grand soin de s'y rendre pour ramasser la plume et attraper les *Cy-*
« *gnes*, vieux comme jeunes, profitant de ce temps où ils ne peuvent
« voler, les uns faute de plumes, les autres parce qu'ils n'en ont pas
« encore la force. On fait aussi la récolte des œufs au Print., lorsqu'ils
« font leur première ponte. Lorsque les chasseurs se mettent en mar-
« che, ils vont à cheval; mais ils choisissent pour cela des chevaux
« qui ont de la vigueur et qui ne sont pas ombrageux. Ils emmènent
« aussi des chiens dressés à saisir le *Cygne* par le cou, au moyen de
« quoi l'oiseau perd son équilibre, et en même temps son courage et
« ses forces. En arrivant, on trouve les *Cygnes* avec leurs jeunes
« dans la campagne; mais dès qu'ils aperçoivent quelqu'un, ils se
« sauvent et se jettent à l'eau; c'est dans cette occasion que l'on voit
« que cet oiseau court presque aussi vite que le cheval le plus agile.....
« La chasse aux *Cygnes* n'est pas seulement très avantageuse pour les
« Islandais par les plumes qui se vendent bien et facilement aux étran-
« gers qui commercent avec eux; mais ils ont encore le duvet et la
« peau, qui sont pour les insulaires un très bon revenu. Ils en man-
« gent la chair, quoiqu'elle soit un peu dure et coriace. Ils dépouillent
« les pattes, de manière que les ongles restent après la peau, qui res-
« semble au chagrin, après avoir été empaillée pour la faire sécher.
« Ils se servent de ces peaux de patte en guise de bourses pour y
« mettre leur argent et autres petites bagatelles. » (Olafsen et Povelsen, *Voy. en Islande*).

« En *Laponie*, on prend les *Cygnes* au Print. en plaçant des traque-
« nards au bord des trous qui sont dans la glace. Pour amorce on em-
« ploie une racine. On les tire également au fusil. Le chasseur revêt
« une chemise blanche et peut ainsi les approcher. Les Lapons font
« des bonnets avec la peau. »

Voyez Beckfries, Skånska Svanjagten (*Tidskr. f. Jägare och Naturf.*
t. 1, p. 78).

SUPERSTITION. « Aétius assurait qu'un jeune *Cygne* après avoir été
« bouilli dans l'huile était un remède infaillible contre les maladies
« nerveuses. La graisse de cet oiseau enlève facilement les taches du
« visage. » (Aldrovande).

PROPAGATION. « Le *Nid* du *Cygne*, nommé en islandais *dingur*, est
« toujours placé sur une île et composé de diverses plantes. Le seul
« *Cygne* que j'ai cru couver ne tenait pas son cou droit, mais allongé
« sur le bord du *nid*. Le *Cygne* ne niche pas tout près du lac Myvatn,
« mais à une certaine distance. En Hiv. au contraire il y est très
« abondant, ainsi qu'à Kallström et sur le rivage entre Reykjahlid et
« Vogar, où l'eau ne gèle pas. » (Krüper).

« Niche dans les contrées sauvages et éloignées des habitations,
« surtout dans la région la plus septentrionale de la presqu'île scandi-
« nave..... Le *nid*, composé de plantes aquatiques, est vaste, placé
« sur une touffe de plantes sur le sol, tout près de l'eau....., Le mâle
« se tient vis-à-vis de la femelle tout près du nid, mais ne couve pas.
« Au commencement de Juill., les petits tout déjà éclos. Nid placé
« dans un creux, au milieu de l'herbe, composé de branches de sau-
« les, de tiges du *Comarum palustre*, du *Merganthes trifolia* et de
« feuilles de saules. Ces plantes sont très serrées et permettent au nid
« de se conserver jusqu'à l'année suivante. » (Nilsson).

Œuf d'un blanc sale, dépourvu de la couche calcaire qui se remarque sur celui du *C. olor*, 0^m108 sur 0^m077 jusqu'à 0^m111 sur 0^m075.
(Meves, *Oefvers. K. Vet. Ak. Förh.* p. 284. (1868).

Thienemann, *Fortpflanzungsg.* pl. L. XXVI. f. 2. 2.

Bädecker, Brehm et Pässler, *D. Eier d. Europ. Vög.* pl. 47. f. 1.

BIBLIOGRAPHIE. Frère (H. T.). On the *rusty Tinge of the Plumage of
wild Swan.* (*The zool.* p. 1300. 1846).

Brigg. On *Anacharis alimastrum* als *Food for Swans.* (*The Zool.*
p. 5161. 1856).

Chemnitz (J. H.) GESANG der *isländischen Schwanen* (*Beschäftig.
Berlin. Gesellsch. Nat. Fr. II.* p. 132.).

Davy (J.) Structure of the AORTA of the *wild Swan.* (*P. Z. S.* p. 28.
1849).

Detharding (G.) De fabuloso *Olorum* CANTU. *Rostock.* 1783. *in-8.*

Ædzard (E. H.) De *Cygno* ante mortem non CANENTE. *Wittebergiæ.*
1722. *in-4.* pl.

Finger. (J.) Ueber die *Singschwäne.* (*Verh. kk. bot. min. Ver. Wien.*
p. 229. 1861. pl.).

Grill. (J. W.) Om en *Sångsvan* i fångenskap. (*Oefvers. K. Vet. Ak.
Förh.* p. 27. 1863).

King (R.) SINGING of *Swans. The Zool.* p. 1284. 1846).

Löffler. (C. Ueber die *wilden Schwäne. (Preuss. Prov. Bl.* V. p. 63. 1831).

Mauduyt. (J. E.). Sur les *Cygnes* qui chantent. (*Journ. phys.* vol. 24. p. 133. (1784).

Mongez (A. Sur les *Cygnes* qui chantent. (*Journ. phys.* vol. 23. p. 304. (1783).

Morin. (H.). Question naturelle et critique, sçavoir pourquoi les *Cygnes* CHANTENT-ils aujourd'hui si mal? *Mém. Ac. Sc. Paris.* V. p. 207. 1729).

Rudeen. (Th.) *De Cantu Cygnorum. Aboæ.* 1703. *in-8.*

Wintér (J. D.) Von Nutzen und Unschädlichkeit der *Schwäne. (Berlin. Samml.* VII. p. 583. 1775).

---

2. HOLOR MINOR. G. R. Gray, *Handl. B. III.* p. 78. 1871).

CYGNUS OLOR B. MINOR. Pall. *Zoogr.* II. p. 214. (1811).

C. BEWICKII. Yarrell; *Trans. Z. Soc.* XII. p. 445 1830).

OLOR BEWICKII. Wagler, *Isis* p. 1254. (1832).

....., Gould, *Eur.* pl. 3 6. 1837).

CYGNUS MINOR. K. et Bl. *Wirbelth.* p. 82. (1840).

C. MELANORYNCHUS. Naum. *Vög. Deutschl.* VI. p. 497. pl. 297. (1842).

C. MUSICUS MINOR. Schleg. *Krit. Uebers.* p. 112. (1844).

C. MINOR. Reichb. *Handb.* pl. 106. f. 963-964. (1850).

C. ALTUMI. Baedeck. *Naumannia* V. p. 258. pl. (1855).

C. MINOR. Gould, *B. Great. Brit.* V. pl. 10. (187).

Cette Espèce a été dédiée par Yarrell au célèbre ornithologiste Th. Bewick.

Le *C. Altumi,* qui paraît devoir être réuni à l'oiseau de cet article, avait été dédié par M. Baedecker au Dr Altum, l'un des ornithologistes les plus distingués de l'Allemagne.

Plumes du front s'avançant sur la base en s'arrondissant. Bec noir sur une étendue relativement assez grande. Long. tot. 0m26.

ADULTE. Petites gibbosités de la base du bec très peu marquées. Plumes du front s'avançant derrière elles en s'arrondissant. Lorums nus au devant des yeux sur un espace plus grand que chez *Hol. musicus.* Bec noir sur une plus grande étendue; ainsi, l'arête est de cette couleur en dessus jusqu'à 0m015 en avant des deux petites gibbosités. Cette couleur suit jusqu'à ceux-ci les bords de l'arête, contourne en s'arrondissant le bord postér. et infér. des narines, puis retourne en arrière parallèlement à l'arête jusqu'à une petite distance du côté de la base du bec pour redescendre en ligne verticale et se prolonger le long des bords jusqu'à la commissure. Le jaune occupe donc les Lorums, les gibbosités, s'avance au delà de leurs petits tubercules antér., puis pénètre sur les côtés du bec dans un espace quadrilatère derrière les Narines, et forme en arrière et au bas du dit quadrilatère un angle droit. Membrane intermandibulaire jaune. Plumes du menton s'avançant sur celui-ci à angle très aigu, mais moins étendu en avant que chez *Hol. musicus.* Tarses et membranes noirs. Iris brun noir. Long. tot. 1m26 environ. Bec 0m10. Aile 0m053. Queue 0m176. Tarse 0m018. Doigt méd. avec l'ongle 0m0133.

Jeune. D'un gris clair. Lorums d'un carné livide, recouverts de petites plumes cendrées. Bec livide partout où celui de l'adulte est jaune. Tarses et membranes noirâtres.

Anatomie. La Trachée est logée dans un creux du Sternum plus grand que chez le *Cygne Sauvage,* et y fait deux circonvolutions. Ce creux mesure 0m14—0m18 chez le mâle et 0m08 - 0m12 chez la Femelle. (Degl. et Gerbe . —Voy. Yarrell, *Brit. B.* 4e éd. p. 312-320. *Descr. et fig.*

N. B. — On ne doit peut-être pas séparer l'*H. minor* du *Cygnus Altumi;* ce dernier a été considéré par Bonaparte comme un sujet très adulte de l'*H. minor,* offrant le noir du bec plus étendu vers le front.

D'après le docteur Hartlaub, ou doit rapporter le *C. Altumi* au *C. americanus* Sharpless (*Am. Journ.* XII. p. 83) dit en outre que le *Lesser Swan* de Latham est également identique à cette Espèce.

HABITAT. Propre aux régions les plus septentrionales. On a dit qu'il se trouvait en Islande, mais il niche surtout dans le N. de la Sibérie. R. R. dans la Scandinavie et la Finlande. Palmén.). B.-Petchora. N.-Zemble. (Seebohm et H. Brown, *Ibis* p. 438. 1876). Danemark; de passage. (Kjärb). Observé en Hollande (Schleg.) Côtes de Flandre, Acc. (de Sélys). A été souvent tué en Ecosse, où il parait être aussi C. que le *C. musicus* (Macgill.). Guernescey, Acc. (C. Smith.). Seine-Inf., Jura, Acc. (Ogérien). Loiret (Lemetteil, tué à Saint-Ay sur la Loire, 26 Févr. 1870. (Nouel). Côte-d'Or, R. R. R. Marchant). Rhône, R. R. R. (L. O.-G.). Allier, Irrég. (Olivier). Manche, R. R. (Le Mennicier). Loire-Inf. R. R. (Blandin). Landes, Hiv. rig. (Dubaleu). Aude, Hérault, Hautes-Pyrénées, Tarn-et-Garonne, Hiv. très rig. (Lacroix). N.-Zemble. (Th. v. Heuglin, *J. f. O.* p. 120. 1872).
Sibérie Orient. (v. Middend.). Chine. Swinh.

PROPAGATION. *Nid* plus vaste que celui du *Cygne Sauvage* (Degl. et Gerbe).
Œufs (5-7) plus jaunâtres que ceux du *Cygne Sauvage* 0m095—0m010 sur 0m065 - 0m070. (Degl. et Gerbe).
Thienemann, *Fortpflanzungsgesch.* pl. LXXVI. f. 1.
Bädecker, Brehm et Pässler, *D. Eier d. europ. Vög.* pl. 31. f. 1.

GENUS II. *CYGNUS*. Mey. et Wolf, *Taschenb.* (1810).

Bec de la longueur de la tête, d'égale largeur dans toute son étendue, avec un tubercule charnu, convexe à sa base. Arète supér. du bec arrondie et saillante entre les narines, et distincte encore près de l'onglet. Mandib. supér. assez déprimée vers son extrémité. Les faces latérales de sa base un peu obliques de haut en bas et de dedans en dehors. Bords presque droits, recouvrant presque les lamelles. Narines allongées, petites, situées un peu en avant du tubercule. Onglet

2

allongé d'avant en arrière, très recourbé, un peu
voûté. Lorums nus sur un espace qui forme un vaste
triangle dont le sommet tronqué est appuyé contre le
bord intér. de l'œil, pour remonter ensuite jusqu'au
sommet de la gibbosité, et dont le bord infér. descend
presque en ligne droite du bord antér. et infér. de
l'œil à l'angle des commissures. Queue cunéiforme.
Trachée sans circonvolutions.

---

3. CYGNUS MANSUETUS. Salerne, *Orn.* p. 404. (1767).

ANAS CYGNUS. *Var. B. L. Syst.* p. 122. (1758).
CYGNUS. Br. *Orn.* VI. p. 288. (1760).
Le Cygne. B. *Ois.* IX. p. 1. pl. 1. (1783). — Id. *enl.* 913.
Cigno real. ** *Stor. degli Ucc.* V. pl. 553. (1767).
ANAS OLOR. Gm. *Syst.* p. 502. (1788).
Tame Swan. Penn. *Arct. Zool.* III. p. 265. (1792).
CYGNUS GIBBUS. Bechst. *Naturg. Deutschl.* IV. p. 805. (1809).
C. SIBILUS. Pall. *Zoogr. II.* p. 265. (1811).
C. OLOR. Vieill. *N. Dict.* IX. p. 37. (1817).
C. GIBBUS ET OLOR. Brehm, *Handb.* p. 829-830. (1831).
..... Gould, *Eur.* pl. 354. (1837).
C. OLOR. Naum. *Vög. Deutschl.* pl. 39. f. 57. masc. 56. jeune. (1842). —
  Reichb. *Handb.* pl. 105. f. 252-254. (1850).
C. OLOR. Gould, *B. Great Brit.* v. pl. 8. (187.).

Plumage blanc. Bec rouge orangé. Tarses noires.
Les jeunes sont gris.

CYGNUS IMMUTABILIS. Yarr. *P. Z. S.* p. 19. (1838).

CYGNUS IMMUTABILIS. Yarr. *Brit. B.* III. p. 131. fig. (1839).
C. OLOR IMMUTABILIS. Schleg. *Krit. Uebers.* p. 112. (1844).
C. IMMUTABILIS. Reichb. *Handb.* pl. 106. f. 965. (1850).

Anglais. *Polish Swan.* (Yarrell).

MALE. Plumage blanc. Sommet de la tête teinté de jaunâtre. Bec rouge orangé. Lorums, tubercule, membrane qui recouvre les narines en arrière, bord du bec et onglet noirs, ainsi que les pieds, les ongles et les membranes. Iris d'un brun noir. Long. tot. environ 1m46. Bec 0m012. Aile 0m58. Queue 0m18.

FEMELLE. Plus petite que le mâle. Cou plus mince. Tubercule du bec moins développé.

JEUNE. Gris brun, plus foncé sur le sommet de la tête et derrière le cou. Scapulaires tirant un peu sur le jaunâtre, avec des bandes transversales claires. Couvertures supér. des ailes cendrées, avec des bordures brunâtres. Dessous du corps gris brunâtre clair. Tarses plombés. Bec d'un plombé livide.

POUSSIN *âgé de 8-10 jours; capturé le 1er Juill.* Long. tot. 22' (Suéd.). Bec 0m037. Tarse 0m037. Dessus du corps d'un gris brun. Dessous du corps blanc. Iris brun. (Meves, *Oefvers. K. Vet. Ak. Förh.* p. 285. (1868).

Marchand (*R. Z.* p. 282. 1870. pl. 17. (1866).

HYBRIDES. Entre *C. gibbus* et *C. atratus.* (W. Hartmann, *Zool. Garten.* p. 441. 1867).

Entre *C. gibbus* et *Anser cinereus domesticus* (van Wickevoort Grommelin, *Arch. Neerl.* p. 447-452. 1867).

Semblable à *C. gibbus;* mais les pieds sont gris, teintés de rose carné. Les jeunes sont toujours blancs.

Consultez : de Norguet, *Etud. d'Ornith. europ.* p. 117 et suiv. Yarrell, *Brit. B.* éd. Saunders, p. 340 et suiv.

HABITAT. Europe sept. Pas R. à Corfou et en Epire pendant les Hiv. rigoureux, par exemple celui de Janv. 1858 (T. Powys).

PROPAGATION. Bädecker, Brehm et Pässler, *Die Eier der Europ. Vög.* pl. 62. f. 2.

Mulet d'un *Cygne chanteur* et d'une *Oie domestique*. (F. Cuvier, *Ann. Mus.* XII. p. 119, 1808).

Voyez encore :

J. E. Gray, *On an hybrid Swan P. Z. S.* p. 97. 1847)

ANATOMIE. « La trachée descend entre les branches de la fourchette, « et se recourbe en y formant une portion de cercle pour remonter et « pénétrer dans les poumons. » (Yarrell, éd. Saunders, p. 328-329. fig.).

HABITAT. Sa véritable patrie est la Sibérie tempérée et la Russie d'Europe. (F. Droste-Hülshoff).

Habite des régions moins septentr. que le *Cygne sauvage*. Pas en Laponie, ni en Norwège. Paraît séjourner en Eté dans la Poméranie, les îles du Danemark et la Scanie. (Wallengr.). Niche sur plusieurs iles du Danemark (Kjärb.). Plus C. en Russie qu'en Sibérie. Pas sur les plages septentr. de la Sibérie. (Pall.) Sarepta, C, C. Niche. (Moeschler). Silésie, Aut. et Print. (Gloger). Bavière, Acc. (Koch). Tyrol, Hiv. rig. (Althammer). Belgique, Acc. (de Sélys). De passage en France, Hiv. rig. (Degl.). Alsace, Acc. (Kroener). Seine-Inf., R. R. R. (Lemetteil). Allier, Hiv. rig. (Olivier). Jura, tué à l'état sauvage pendant l'Hiv. de 1830. (Ogérien). Manche, Hiv. rig. (Le Mennicier). Ile de Ré, R. (Beltrémieux). Gard, Hiv. très rig. (Crespon). Aude, Ariège, Hérault, Tarn-et-Garonne, Hiv. très rig. (Lacroix). Landes, R. R. (Dubalen). A été observé quelquefois dans les Hiv. rig. dans la province de Gerona (Vayreda). Observé à Santander. (H. Irby).

Algérie. (Loche). Lagunes de la B.-Egypte, Hiv. (v. Heugl.). Turkestan. (Severtz.).

MOEURS. Après Buffon, il n'y a plus rien à dire sur le *Cygne domestique*. Son histoire à l'état sauvage est peu connue, et presque tout ce que les ornithologistes ont dit sur son compte se borne à des observations faites sur les individus que l'on élève dans les parcs.

« Les *Cygnes domestiques* étaient autrefois bien plus communs en « France qu'ils ne le furent dans ces derniers temps, avant qu'on ne les « détruisit. La Seine en était couverte au dessous de Paris ; une petite « île voisine du château des Tuileries en avait pris le nom d'*Ile aux* « *Cygnes*, qui s'est changé en une dénomination beaucoup moins « noble. (Vieillot).

« La voix habituelle du *Cygne privé* est plutôt sourde qu'éclatante; « c'est une sorte de *strideur* parfaitement semblable à ce que le peu- « ple appelle le *jurement du chat*, et que les anciens avaient bien ex- « primé par le mot significatif *drensant*. » (Buff.).

Beschtein évalue à 30 ans la durée de la vie du *Cygne*; cependant il cite l'exemple d'un *Cygne* mort en Hollande en 1672, lequel portait sur un collier le millésime de 1573. Cet oiseau aurait donc atteint l'âge de cent ans et au delà.

PROPAGATION. *Nid* construit avec des herbes, des branches de saules, des roseaux et des racines, dont l'oiseau forme une base sur laquelle il place des tiges sèches. Le tout forme une charpente assez solide pour qu'un homme puisse s'y placer sans rien déranger. Ce *Nid* a un diamètre de 3-4'. Les œufs sont entourés d'une grande quantité de duvet. (Thienem.).

Œufs (6-8) ovales, à pores plus gros que ceux de l'œuf du *Cygne sauvage;* vus par transparence, ils paraissent verts à l'intérieur.

D'un gris verdâtre, recouverts d'une couche calcaire. 0^{m}118 sur 0^{m}075, jusqu'à 0^{m}122 sur 0^{m}077. (Meves).

Bädecker, Brehm et Pässler, *Die Eier d. europ. Vög.* pl. 63. f. 1.

Hume, Further notes on the Swans of India. (*Stray Feathers*, p. 101 et suiv. VII. 1878).

BAYONNE, IMPRIMERIE LASSERRE

www.ingramcontent.com/pod-product-compliance
Lightning Source LLC
Chambersburg PA
CBHW072218210626
46818CB00014BA/2463